AF356047

Vente du Mardi 18 Février 1873

HOTEL DROUOT, SALLE N° 8

COLLECTION BACQUA

DE NANTES

TABLEAUX

ANCIENS ET MODERNES

EXPOSITIONS

PARTICULIERE	PUBLIQUE
Le Dimanche 16 Février 1873	Le Lundi 17 Février 1873

Mᵉ CHARLES OUDART, COMMISSAIRE-PRISEUR

M. EMILE BARRE, EXPERT

J. Claye, imprimeur
r. S.-Benoit, 7. à Paris

CONDITIONS DE LA VENTE

Elle sera faite au comptant.

Les acquéreurs payeront *cinq centimes par franc*, en sus des enchères, applicables aux frais.

L'Exposition mettant les Amateurs à même de se rendre compte de l'état et de la nature des objets, il ne sera admis aucune réclamation une fois l'adjudication prononcée.

CATALOGUE

DE

TABLEAUX

ANCIENS ET MODERNES

COMPOSANT LA COLLECTION DE

M. BACQUA

DE NANTES

DONT LA VENTE AURA LIEU

HOTEL DROUOT, SALLE N° 8

Le Mardi 18 Février 1873

A DEUX HEURES ET DEMIE

PAR LE MINISTÈRE DE Me CHARLES OUDART, COMMISSAIRE-PRISEUR

31, rue Le Peletier

ASSISTÉ DE M. ÉMILE BARRE, EXPERT

20, Chaussée-d'Antin

Chez lesquels se délivre le présent Catalogue

EXPOSITIONS

PARTICULIÈRE   PUBLIQUE

Le Dimanche 16 Février 1873 | Le Lundi 17 Février 1873

DÉSIGNATION

TABLEAUX MODERNES

BROWN (J.-L.).

1. — Le Rendez-vous de chasse.

COROT.

2. — Entrée de village.

COROT.

3. — Environs de Paris.

COULON.

4. — Jeune Dame regardant un dessin.

DIAZ (N.).

5. — Chasse sous bois.

Tableau connu sous le titre de : *La Cascade de Chiens*

DIAZ (N.).

6. — Enfants & Chiens surpris par un oiseau de proie.

DIAZ (N.).

7. — Vénus caressée par les Amours.

DIAZ (N.).

8 — Environs de Fontainebleau.

FAUVELET.

9. — La Lecture en famille.

FRANÇAIS.

10. — Le Lac Némi; environs de Rome.

HINTZ.

11. — Une Vallée de la Suisse.

ISABEY (E.).

12. — Village de pêcheurs au bord de la mer.

JACQUE (Ch.).

13. — Intérieur de basse-cour.

JONGKIND.

14. — Village de Normandie.

LUMINAIS.

15. — La Leçon de musette.

RIBOT.

16. — Portraits d'enfants, en buste.

TROYON (C.)

17. — Troupeau de vaches descendant à l'abreuvoir.

VERBOECKOVEN (E.)

18. — Moutons au pâturage.

VILLEVIELLE.

19. — Les Bords de la Marne ; effet de soleil couchant.

WYNANTZ (DE BRUXELLES)

ET VERBOECKOVEN.

20. Une Rue d'Anvers, avec personnages et animaux.

TABLEAUX ANCIENS

BELLOTTI.

21. — Vue de Venise.

BOUCHER (F.).

(Signé et daté.)

22. — Fruits et Fleurs posés sur un banc de jardin.

BOUCHER (F.).

23. — Portrait de la femme de l'artiste.

BREEMBERG (B.).

24. — Paysage avec ruines, animé de figures.

BRAWER (A.).

25. — Intérieur de taverne flamande.

Tableau très-fin et d'un ton argenté.

DANLOUX.

26. — Tête de jeune paysan.

VAN DELEN.

(Daté 1636.)

27. — Intérieur de Palais, avec personnages en costume Louis XIII.

DEMARNE.

28. — Le Champ de blé.

DEMARNE.

29. — Paysage de Normandie, avec figures et animaux.

DEMARNE.

30. — La Marchande de cerises.

DEMARNE.

31. - Le Moulin.

DESPORTES.

(Signé et daté.)

32. Chien gardant du gibier.

DROUAIS.

33. Portrait de Jeune Dame, en buste.

EKELS.

(Signé.)

34. Vue de la grande place de Haarlem.

FRAGONARD.

35. — La Petite Savoyarde.

HALS (F.).

36. — Le Rieur.

HEEM (D. DE).

(Signé.)

37. — Poissons. fruits et accessoires, posés sur une
table couverte d'un tapis.

HEUSCH (G. DE).

(Signé.)

38. — Paysage avec figures; effet de soleil couchant.

HUBERT-ROBERT.

39. — Ruines aux environs de Rome. avec figures et
animaux.

JEAURAT.

40. — La Famille de l'artisan.

KAREL DUJARDIN.

41. — Le Passage du gué; effet de soleil couchant.

LEMOINE.

42. — Les Amours forgerons.

VIGÉE-LEBRUN (Mme).

43. — Portrait de Marie-Antoinette.

Avec riche bordure sculptée.

MAAS.

44. — Le Déjeuner flamand.

MATTON.

(Élève de Gérard Dow.)

45. — Dame hollandaise à sa toilette.

MIREVELT.

46. — Portrait de Dame, en costume Louis XIII.

MOREAU.

47. — Le Retour à la ferme.

NETSCHER.

48. — Enfants jouant aux dés dans un intérieur de parc.

OUWATER.

49. — Vue d'un canal à l'entrée de la ville d'Amsterdam.

OUWATER.

50. — Vue intérieure de la ville d'Amsterdam.

PILLEMENT.

51. — Paysage avec cascade: effet de soleil couchant.

PORBUS (LE FILS).

52. — Portrait de Madame Henriette de France.

RIGAUD.

53. — Portrait de Dame, en buste.

SCHALKEN.

54. — Portrait d'un prince d'Orange.

SCHALKEN.

55. — Portrait d'une princesse d'Orange.

SCHALL.

56. — Jeune Femme en costume Louis XVI, assise
dans un parc.

STEEN (Jean).

(Signé.)

57. - Intérieur hollandais. — Des dames et des seigneurs sont occupés à causer et à boire.

STEENWICK.

(Signé et daté 1614.)

58. — Intérieur de Palais, avec divers groupes de personnages.

Tableau d'une précieuse exécution.

TENIERS (D.).

(Signé.)

59. — Intérieur d'une maison de paysan flamand, avec figures & nombreux accessoires.

TÉNIERS (D.).

(Signé.)

60. — Petit Intérieur flamand, avec personnages.

TÉNIERS (D.).

(Signé.)

61. — Le Pendant.

> Ces deux tableaux sont de la plus grande finesse.

TOURNIÈRE.

62. — Portrait de Dame en riche costume, le bras appuyé sur un coussin.

WATTEAU.

63. — Portrait de M. de Julienne, protecteur de l'artiste.

WOUWERMANS (Pierre).

64. — L'Abreuvoir.

PARIS. — J. CLAYE. IMPRIMEUR. 7, RUE SAINT-BENOIT. — [248]